当代礼仪歌谣

● 杜建文 著

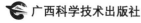广西科学技术出版社

图书在版编目（CIP）数据

当代礼仪歌谣 / 杜建文著. —南宁：广西科学技术出版社，2023.11
ISBN 978-7-5551-2080-3

Ⅰ.①当… Ⅱ.①杜… Ⅲ.①诗集—中国—当代 Ⅳ.①I227

中国国家版本馆CIP数据核字（2023）第210750号

DANGDAI LIYI GEYAO

当代礼仪歌谣

杜建文　著

责任编辑：黎志海　吴桐林　　　　封面设计：广大迅风
责任校对：方振发　　　　　　　　责任印制：韦文印

出 版 人：梁　志　　　　　　　出版发行：广西科学技术出版社
社　　址：广西南宁市东葛路66号　邮政编码：530023
网　　址：http://www.gxkjs.com

经　　销：全国各地新华书店
印　　刷：广西壮族自治区地质印刷厂

开　　本：889 mm × 1240 mm　　1/32
字　　数：60千字　　　　　　印　　张：3.75
版　　次：2023 年 11 月第 1 版　　印　　次：2023 年 11 月第 1 次印刷
书　　号：ISBN 978-7-5551-2080-3
定　　价：28.00 元

序
要知书达理，更要知书达礼

聂震宁 [*]

我要郑重而热情地推荐杜建文先生新撰的《当代礼仪歌谣》。

在推广全民阅读时，我经常用"知书达理"和"知书达礼"两个成语来说明读书对于个人修养的重要性。《现代汉语词典》（第7版）中"知书达理"和"知书达礼"两个成语的意思相近，可是我想强调，"知书达礼"的境界更高。按照人们通常的理解，"知书达理"指的是有知识，守规矩，讲道理。可是，一个人在生活中过于强调讲道理，是不是有时候会有悖于人情世故呢？譬如，对一位糊涂老者或一个懵懂小孩的无知之失非要论个对错，是不是不近人情？对一名路人的无心之举过于计较乃至闹到派出所去，尽管自己全在理上，但是不是小题大做了呢？倘若一个知书

---

*聂震宁，韬奋基金会理事长，曾任中国出版集团公司总裁、人民文学出版社社长兼总编辑。

之人不仅能"达理",更能"达礼",即懂礼貌,讲礼仪,得理也饶人,包容犯过错之人,我们整个社会的民众素质和文明程度岂不是能得到更大提升?

一百多年前,蔡元培先生在就任北京大学校长时发表演讲,对大学生们提出了三点要求。第一点要求是"抱定宗旨",他告诉学生:"诸君来此求学,……必先知大学之性质。大学者,研究高深学问者也。"第二点要求是"砥砺德行",他指出:"诸君为大学学生,地位甚高,肩此重任,责无旁贷,故诸君不惟思所以感已,更必有以励人。苟德之不修,学之不讲,同乎流俗,合乎污世,已且为人轻侮,更何足以感人。"第三点要求是"敬爱师友",他说:"余在德国,每至店肆购买物品,店主殷勤款待,付价接物,互相称谢,此虽小节,然亦交际所必需,常人如此,况堂堂大学生乎?对于师友之敬爱,此余所希望于诸君者三也。"蔡校长对大学生们提出的三点要求中,有两点关系到学生们的德行修养和行为举止,他要求学生们不仅要做到知书达理——研究高深学问,更要做到知书达礼——砥砺德行,敬爱师友,可见"礼"之重要。

《论语》里孔子有一段话:"质胜文则野,文胜质则史，文质彬彬，然后君子。"在孔子看来，人如果只有朴实的内在品德，而没有礼仪的修饰，其言行很难不流于粗俗、鄙陋；可如果只依赖于外在礼仪的装点，内心并无向善的动机，那就会显得虚浮。只有内外兼修，内心之仁、义、智、勇与外在恰当的礼仪相协调，才能称得上是君子。孔子说"文质彬彬，然后君子"，我们也可以说"知书达礼，然后君子"。

　　建文兄为弘扬中华民族传统优秀文化，倡导当代应有的公序良俗，提高公民特别是年轻一代的思想、道德、行为素质水平而创作的《当代礼仪歌谣》，直接宣讲了什么是当今应该具备的健康、得体、规范的行为举止，倡导广大公民在社会生活和日常生活之中，时时处处注意培养自己的良好习惯，做一个具有当代文明观念、举止文雅、符合时代和社会需要的人。这也是我们在全民阅读中所提倡的，不仅要知书达理，更要知书达礼。我们要为年轻一代提供充分的礼仪教育，提升他们对于礼仪行为的感性能力，让他们养成讲求礼仪美感的日常生活习惯，引导他们形成优雅生活的价值取向和品位高尚的精神追求，成为一个知书达礼的君子。

　　要求年轻一代知书达礼，优雅生活，养成高品位的举止习惯，这些道理说起来浅显易懂，可是要切实做到并不简单。一个人的行为举止不仅需要点滴示范，还需要长期养成。《当代礼仪歌谣》一书努力帮助读者清晰明了地掌握中华民族源远流长的礼仪知识，仔细了解当今人们日常生活的言行举止中需要注意的细节，从人与人之间相处最基本的理念、礼貌、举止入手，教育、训诫、引导人们注重为人处世的细节，提升个人的修养，完善人格的修炼。全书共十三章，除了序歌和尾声，分为家庭礼、校园礼、处世礼、餐桌礼、出门礼、拜访礼、待人礼、旅游礼、年节礼、词语礼、称谓礼等，包含家庭教育、在校表现、待人接物、遵纪守法、用餐举止、出门面世、拜访须知、对待公物、文明旅游、年节仪礼、得体词语、得当称谓等内容，几乎涵盖一个人学习、成长、工作、生活的方方面面。作者仔细梳理，娓娓道来，事无巨细，循循善诱，语言生动活泼，文句朴实有趣，内容相当接地气，具有令人信服的魅力。

　　《当代礼仪歌谣》全书统一使用七言诗句，文段或带有古诗风格，或追求民歌特色，叙述浅显易懂、上口易记，读来如行云流水，十分流畅。书中有许多妙言金句，如"爹恩娘恩老师恩，都是迷津摆渡人"，普适而深刻；"坐席不可伸懒腰，不打哈欠头不摇；不要横坐横抬腿，别抠鼻孔别搓脚"，看似絮叨却尤为重要；"不会烧香得罪神，不会说话得罪人"，简明而警醒；"你咍礼，我咍礼，礼仪不是天生的"，道出良好的礼仪举止乃是后天习得的道理。歌谣一部分采撷自传统俗语，更多为诗人精心创制，读来让人既觉得其中蕴含深厚的古典诗词积累，更觉得洋溢着民间的生活气息，感叹作品本身就是知书达礼的一个生动典范。

我与建文兄知交近五十年。记得二十世纪七十年代，他一首气势恢宏的长诗《韦江歌》在《广西文艺》上大篇幅选载发表，曾震撼广西文坛，尤其震撼了我这个文坛学步者。当时的我，一心想着努力找机会近前受教于著名诗人杜建文，对他的各种诗作都仔细研读，引以为示范。而后，作为优秀作家、诗人，建文兄调入广西人民出版社担任编辑，更是让我等基层作者羡慕不已。不过，建文兄并不曾因为人们的羡慕而趾高气扬，更不曾因我等基层作者在写作发表上有所求而避之唯恐不及，恰恰相反，他一径是那么朴实无华，一径是彼此平等交流。渐渐地，我们成了挚友。在数十年交谊中，他喜欢谈古论今，讲故事滔滔不绝，点评时事更是独具只眼，朋友们一致认为，"跟老杜聊天就是过瘾"。当然，我们的交谊并不止于此。早年间，朋友倘有聚餐，只能到彼此家里进行，不管住所多么逼仄，宾朋相聚总也其乐融融。那时，我从河池到南宁出差，曾多次邀二三文友到建文兄位于南宁市河堤路逼仄的家里小聚，拜访过他慈祥可敬的老母亲和端庄朴实的妻子，也见到他一对漂亮聪明的女儿。我真切感受过他对老母亲的孝顺——那真是至顺至孝的孝子之情；目睹过他与妻子幽默快乐的交流——那真是相濡以沫的夫妻之情；欣赏过他与爱女们的俏皮玩笑——那中间蕴含着亲切的舐犊之爱。这一切，都是在不经意间发生，不经意间表达，却给我这个外来人留下深刻印象。后来，我们成为广西出版系统的同事，在工作上彼此理解、互相支持。在同事中，只要不存偏见的人都会承认，建文兄做人正派，做事公正，淡泊名利，刚直不阿。后来我奉调进京，离开广西出版系统，只能通过电话、微信与建文兄保持联系，而这么多年来，建文兄做人说话品行始终如一。不过，恕我直言，这么多年来，建文兄也让我感到遗憾——这位当年在广西享有盛名的诗人，自进入出版社后，竟然极少写作，更少发表，直让我这个早年忠实的读者感到不解。

不曾想，建文兄如今竟奉献出一部内容如此丰富、诗句如此流畅、表达如此活泼的歌谣体读本，实在是意外之喜！读毕全书，我以为，只有建文兄这样的生活态度、工作风格和为人处世的修养，才能高质量完成这个主题的写作，也正因建文兄气韵充盈、比兴娴熟的诗歌功底，才能如此自如地用趣味盎然、明白晓畅的歌谣，把中华民族源远流长的礼仪知识和当今人们日常生活的行为举止一一道来。为此，我要郑重而热情地推荐这本书，更要向建文兄表示真诚而热烈的祝贺！

是为序。

写于二〇二三年五一劳动节

目 录

序歌

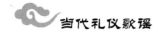
巍巍珠峰立天地，

滚滚长江千万里；

中华文明五千年，

精华内涵为礼仪。

华夏古称君子国，

神州素号礼仪邦；

弘扬传统唱不尽，

英雄辈出千古扬。

长江黄河有源头，

礼仪传自祖宗手；

治国齐家称法宝，

修身养性永不丢。

鱼虾无水难活命，

禾苗无水难收成；

人无礼仪人粗俗，

国无礼仪国不宁。

神州遍开文明花，

山河壮丽闪光华；

礼仪之风伴国民，

国强民富大中华。

鸟无羽翼不能飞，

人无礼仪难作为；

万丈高楼平地起，

基深不怕大风吹。

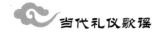
礼仪春雨润心灵，

礼仪清风解矛盾；

国事家事有礼仪，

能催叶绿与花红。

没有规矩无方圆，

人不习礼就野蛮；

先贤教诲铭肺腑，

礼义廉耻记心间。

有人逆行反礼仪，

说它束缚死教条；

冷嘲热讽岂有理，

陋习流世被人笑。

曾经沧海难为水，

人无礼仪吃大亏；

劝君做人勿忘礼，

走遍天下树口碑。

夜望北斗知南北，

朝看红日辨东西；

礼节本是浩然气，

习礼奉节天地义。

开卷有益礼精深，

知书达礼通古今；

胸怀礼仪道路宽，

莫让人生枉度春。

家庭礼

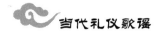

家庭内部无礼貌，

田地荒芜生杂草；

家风徐徐似春风，

好秧育出好苗苗。

十年树木可成林，

百年树人根基深；

学海无涯苦作舟，

礼仪不负有心人。

爹恩娘恩老师恩，

都是迷津摆渡人；

滴水之恩涌泉报，

礼字开花满园春。

当家方知柴米贵，

养儿始悟父母恩；

儿女尽孝时不待，

错过时光无处寻。

人懂礼节必有爱，

家旺全靠知礼带；

琴瑟相伴案齐眉，

相敬如宾花常开。

老吾老及人之老，

幼吾幼及人之幼；

敬老爱幼人之礼，

推己及人记心头。

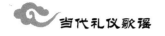

绒毛鸭仔初下河，

全靠母鸭带着过；

父母当好启蒙师，

家教本是第一课。

养儿不教如养驴，

养女不教如养猪；

教育儿女学好礼，

人生路上永不输。

笨鸟飞高要趁早，

习礼读书要从小；

学好礼仪勤研墨，

书山万仞能攀高。

父母儿女要平等，
儿女人格要尊重；
莫将意志强加人，
礼是沃土培良种。

父母面前不任性，
脏话粗语要噤声；
谦恭礼让好习惯，
谦谦君子人称颂。

爷爷奶奶头发白，
姥爷姥姥气力衰；
爸爸妈妈养家累，
都为人间第一爱。

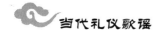

未经允许莫进屋，

他人隐私别碰触；

手机日记不翻动，

谁的东西谁做主。

家里来客要热情，

拱手直立笑脸迎；

邻里有难需相助，

助人为乐是英雄。

劝说父母别担忧，

儿是父母心头肉；

父母教诲不顶撞，

起居健康常问候。

父母生日要记住，

长辈唠叨不记数；

忙时上前搭把手，

闲时主动做家务。

早睡早起不赖床，

叠被整衣自担当；

洗漱如厕声音小，

不扰父母睡得香。

晨昏时刻必自省，

生铁不炼不成钢；

大人谈事要回避，

不要干预做主张。

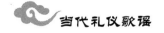

不能直呼父母名，
父母长辈要尊重；
跟着大人做饭菜，
烹饪技艺自幼通。

起坐不要占中席，
走路不在中道移；
离家出门要报告，
返回要让家人知。

长者予物双手接，
不要冷漠像蛇蝎；
要做家中顶梁柱，
身正不会影子斜。

行路走在长者后，

不要疾行抢前头；

前面有个领头羊，

道路坎坷何须愁。

长者站立你莫坐，

等他坐下你再坐；

心知天高与地厚，

眼明视得云雾薄。

长者座前踱步走，

踱来踱去令人忧；

船遇风浪心莫慌，

大海航行靠舵手。

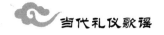

站立不要堵门前，

过门不要践门限；

昂首挺胸进屋来，

不偏不倚厅堂宽。

站时不要独足立，

坐时不要脚如箕；

站坐都要正姿势，

中规中矩勿忘记。

同桌吃饭识大体，

不要挑食顾自己；

贪得半口好滋味，

丢了脸面与羞耻。

用餐时间莫唏嘘，

长吁短叹口语粗；

不要桌上训子弟，

伤人自尊心不服。

校园礼

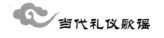

出世迈步人之初，
跨进校门读诗书；
园丁艰辛勤栽培，
十年寒窗吃得苦。

读书切莫读死书，
认真思考花功夫；
梅花香自苦寒来，
宝剑锋从磨砺出。

常言天地君亲师，
老师相貌不评议；
生活习惯应尊重，
莫要无知又无识。

不给同学起绰号，

生理缺陷莫嘲笑；

恶语一句伤人心，

木鱼再厚也怕敲。

爱护公物节水电，

刻桌涂墙狗都嫌；

树木花草莫攀踩，

学坏容易学好难。

乱丢垃圾乱吐痰，

败坏名声有人传；

保洁阿姨好辛苦，

辛劳换得洁净处。

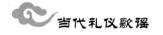

学龄孩子小二郎，

背上书包上学堂；

校服光鲜人精神，

仪表整洁受夸奖。

朝进校园升国旗，

庄严国歌齐唱起；

国旗国歌两相伴，

仰望旗升致敬礼。

热爱祖国爱集体，

勤奋好学要保持；

彬彬有礼好作风，

守礼进步严律己。

自尊自爱加自信，
自卑会使人格损；
学习雷锋好榜样，
争做时代接班人。

上课铃响进课堂，
课本文具齐摆放；
师长每日上下课，
学生问好声宏亮。

早入教室朗诵书，
课间练字习绘图；
完成作业再去玩，
缺课记得及时补。

听课聚精须会神，

端坐直立是本分；

杜绝交头与接耳，

扭腰翘足不可忍。

楼道走廊不追跑，

上下楼梯向右靠；

危险游戏不要做，

弯腰捡屑举手劳。

不穿名牌不佩饰，

涂脂抹粉刺人眼；

不留长发不染发，

端庄大气风姿展。

偷瓜窃桃打树枣，

小偷小摸事不小；

少时拿人一根针，

长大成瘾变大盗。

路拾失物要交公，

不贪不占心似镜；

心净不染灰与尘，

长大为官自廉政。

上课迟到心莫急，

老师允后进教室；

若是被问个中事，

回答问题要起立。

若向老师提问题，

举手报告再起立；

三尺讲台一盆花，

师生亲密根连枝。

期中期末要考试，

考试不要比高低；

沉着冷静细思考，

每次考出好成绩。

考场也有规与矩，

遵守纪律就是礼；

只要学时下苦功，

不必刻意争第一。

课外活动笑颜开，

蹦蹦跳跳小乖乖；

玩时记住大让小，

礼让斯文像秀才。

放学路上遇老师，

心中油然生惊喜；

站上路边对面立，

说声再见敬个礼。

爱师亲师信其道，

不做风中墙头草；

老师扶持走得稳，

风雨直进不动摇。

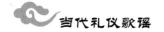

师生团结有力量，
团结是铁也是钢；
独虎难敌狼成群，
蚁多咬死大螳螂。

处世礼

处世礼多人不怪，

礼如雨露催花开；

屋檐滴水能穿石，

礼仪育人能成才。

为人处世贵在诚，

心诚好似夜明灯；

手举明灯照他人，

礼如朗月悬天空。

知礼有礼身以立，

不懂礼节品位低；

污言秽语招白眼，

无礼难以办大事。

正直善良礼为本，

礼仪之道受终身；

处世宁可人负我，

切记不可我负人。

积善成德从小做，

江河入海涌大波；

一毫之善与人便，

施人礼仪自快乐。

言必信来行必果，

君子一言千钧诺；

人讲诚信是尊礼，

雪化才见松高洁。

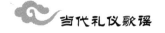

谦虚能使人进步，
理解包容拓宽路；
骄傲会使人浅薄，
狂妄自会礼仪疏。

有礼必有爱国心，
齐家报国两不分；
做人不能忘忧国，
勇于担当利于民。

扬善去恶大丈夫，
嫉恶如仇有硬骨；
礼仪使人循公理，
不向邪恶低头颅。

党纪国法悬明镜，

循纪守法尊礼行；

乡规民约做得好，

半夜敲门心不惊。

财气不比义气豪，

官位难比德位高；

心存礼仪胸旷达，

面对人生敢笑傲。

业精于勤毁于嬉，

行成于思败于迷；

人无远虑必近忧，

宠辱不惊凭礼仪。

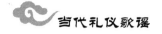

谷子破壳见白米，

灯草剥皮才见心；

看人不能看表面，

好恶不能衣帽辨。

有礼不做负心郎，

无礼就成中山狼；

恩将仇报天地怒，

助纣为虐作虎伥。

有礼之人心地善，

行善乐施济贫艰；

慷慨解囊予财物，

滴乳落水融一片。

心诚是道好风景，

通幽还靠礼为径；

人无诚信路也窄，

井电撑船行不通。

为人处世别张扬，

莫论他人下与上；

上下自有旁人说，

礼仪能辨短与长。

礼仪教人放目光，

淡泊明志心亮堂；

为官为民都清白，

好花常开香四方。

家庭琐事不外扬，
闲言碎语易心伤；
一个朋友一条路，
一个冤家一堵墙。

张嘴能见福祸门，
深思熟虑再发声；
得意别说牙长话，
趾高气扬得罪人。

路见老者不说老，
一句衰话惹人恼；
老人自有老经验，
铁锚沉底方牢靠。

树高树矮靠树根，

交友深浅靠自身；

分手不言深和浅，

断交不必出恶言。

不要轻易开玩笑，

各人心思各知道；

不慎玩笑揭人短，

后悔失言没礼貌。

少年儿童虽幼稚，

莫要以幼将他欺；

有朝一日长成人，

或是精英一分子。

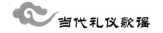

年老病弱莫歧视，

人人都有青春期；

少年莫笑白头翁，

花开也有花谢时。

人在礼在朋友在，

友情浩渺似大海；

君子之交淡如水，

水化雨露浇花开。

智障人士礼必尊，

残疾朋友实不幸；

别人经历要理解，

诗礼至上怜悯心。

小商小贩卖苦力，

不要占人小便宜；

帮扶帮衬为善举，

你帮我来我帮你。

施恩图报小鸡肠，

受恩必报君子强；

开罪于人须求解，

开罪于我加恕量。

人说量小非君子，

莫与他人攀高低；

冲动容易种祸根，

有理饶人聚福气。

交到善人当亲近，

常来常往礼尚勤；

交到恶人当谨慎，

敬而远之陌路人。

承诺人事要担当，

不要开口"放空枪"；

无力办事莫许诺，

好强逞能遭祸殃。

一人遇庙不要进，

二人见井不要看，

三人不要抱大树，

内中典故细查览。

瓜田地边不纳履，

桃李树下不整冠；

漫步悠悠行坦荡，

何惧他人心生嫌。

世上事理千万件，

理事首要理智先；

行事不要重感情，

偏重偏激功减半。

求人办事须登门，

居高临下事难成；

赠送薄礼是常情，

行贿受贿是罪人。

己所不欲勿施人，
困难之时自思忖；
痛苦留给自己解，
高兴快乐赠予人。

好马不吃回头草，
好蜂不采落地花；
自强不息是好汉，
自己跌倒自己起。

好牛也要鞭子打，
好马也要笼头拉；
好人也要学礼仪，
言行有礼人人夸。

上下电梯要规范，

客人长辈站后面；

你在门边按门键，

受人夸奖收点赞。

接听电话说您好，

自报家门忌声高；

意外中断往回拨，

消除误会连心桥。

走亲访友先预约，

进门要把鞋子脱；

礼物搁在桌儿边，

放置桌床礼不妥。

约见莫在星期一，
人已有约你不知；
时间地点互相告，
进人家门脱大衣。

做客别翘二郎腿，
主人说话莫插嘴；
面带笑容洗耳听，
口无遮拦惹是非。

婚礼不要触霉气，
言谈句句话吉利；
贺婚当众不谐谑，
别把大喜当儿戏。

婚庆送礼不送伞，

伞字谐音意为散；

山有崩塌水有断，

爱情却如磐石坚。

过寿送礼不送烟，

烟字谐音意为咽；

老人健康添福禄，

长命百岁寿如山。

帛金要在殡期送，

不要过后再去补；

补礼寓意不吉利，

勾起丧家二次哭。

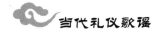

居丧莫去参喜庆，

免得人家不高兴；

丧礼佩戴小白花，

暗自轻泣表真情。

参加丧礼不言笑，

直身肃立手托帽；

饭于丧家不喝酒，

举止行为不轻佻。

别人说话不打断，

妨碍别人要道歉；

守时应诺讲信用，

借钱借物及时还。

人有知识作为大，

心有礼仪开鲜花；

鲜花开满人生路，

路前行结人瓜。

不识礼数人莫交，

吃喝嫖赌不能沾；

礼教锻造意志强，

心灵纯美换新天。

餐桌礼

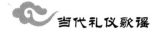

今天家里来朋友，

明天回访走一走；

礼尚往来是常事，

家人亲戚常聚首。

聚首自然要聚餐，

落座有主又有偏；

上座让给长者坐，

端碗拿筷不争先。

餐桌围坐仪端庄，

双肘不能搭桌上；

脚踏自己座位下，

腰身不要左右晃。

坐时不掀椅凳后，

掀起落下响音厚；

他人说话静心听，

不要隔席频摆手。

坐席不可伸懒腰，

不打哈欠头不摇；

不要横坐横抬腿，

别抠鼻孔别搓脚。

不吐口水不吐痰，

不拿桌布拭嘴脸；

夹菜掉桌不再拾，

碗碟摔碎岁平安。

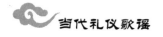

正对房门是上座，

主客座位各有各；

主人右边是贵宾，

对面坐着副陪客。

长幼上桌按次坐，

从右向左以序落；

晚辈不慎先坐下，

知错改错不算过。

横肱伸足犯小节，

触碰犹如棍棒戳；

主妇言说自烹饪，

客竖拇指连声谢。

主先举杯敬客人，

客人起身致回礼；

宾主开台举箸匙，

抢先一步失人品。

为客斟酒杯要溢，

表示真心与诚意；

倒茶只能倒半杯，

免得烫伤去寻医。

用餐尽量少言语，

口若悬河止不住；

一不小心漏了嘴，

口中食物跟着出。

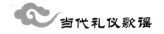

夹菜不可眼张望，

符合口味夹一样；

不夹别人面前菜，

不要贪吃像饿狼。

公食公筷公汤匙，

不搅菜肴不挑食；

碗碟余食需用尽，

粒粒粮食要珍惜。

咀嚼喝汤无响声，

呛食咳嗽折转身；

慢条斯理轻说话，

避免唾沫横飞星。

筷子不能当牙签，

不要插在饭中间；

不要拿筷指他人，

不要用筷敲碗碟。

聚餐起止要统一，

不要先行迟离席；

骨头投地狗来啃，

叱狗如同叱自己。

客食未毕主莫起，

剔牙记得捂口鼻；

宴罢递上餐巾纸，

品完香茶再别离。

被邀去赴结婚宴，

衣冠整齐有体面；

谈笑取闹有分寸，

夸夸其谈宾客烦。

高朋满座多美貌，

伴娘伴郎莫去撩；

酒后闹房悦新娘，

装疯装醉人嘲笑。

出门礼

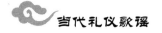

踏春赏秋出家门，

出门刚好遇熟人；

点头示意打招呼，

千金难买情谊真。

碰到长者鞠一躬，

看到幼童轻声赞；

视而不见情意薄，

顿时让人寒了心。

朋友寒暄到路边，

不能久站路中间；

过马路时左右看，

不与汽车争快慢。

大步走路别哼曲，

不要路上嚼食物；

留神前面红绿灯，

人进车流陷危区。

攀肩横行阻人路，

石头拦江难过渡；

不做马路低头族，

昂首挺胸迈大步。

出门就是真人秀，

仪容仪态要讲究；

轻化淡妆悦人目，

装扮优雅尽风流。

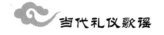
男女一同街上走，

男走左边女走右；

左近街心护安全，

护花使者莫怕羞。

情侣上街讲分寸，

亲昵不可讨人嫌；

拥抱接吻要避讳，

不给路人看表演。

路遇聚众不围观，

高喊起哄理不端；

火上浇油火更旺，

幸灾乐祸是刁钻。

单车骑行利环保，

不能进入汽车道；

单车就要单人坐，

乱停乱放无礼貌。

交通规则严遵守，

出门开车莫喝酒；

斑马线前礼让人，

人品车德写春秋。

大车小车有间距，

不发怨声不斗气；

狭窄路段慢让停，

人人夸你好司机。

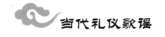

小车前座正副驾，

后排座位分高下；

右尊左次中再次，

切莫失礼不顾他。

等待缴费不加塞，

先来后到情理在；

人守公德心安然，

石灰刷墙墙面白。

雨天进车先收伞，

雨水不洒车里面；

车行不要伸头手，

头等大事数安全。

女士上车要有范，

不可单脚跨进先；

挪臀挨座入车门，

双腿再收座位前。

登高不要大声呼，

湖边不要去濯足；

挺胸阔步向前看，

东张西望出事故。

身边遇到老弱妇，

步子放慢让人路；

上桥不能大步跑，

过河莫要争船渡。

行人忘路找你问，

和颜悦色指迷津；

乘坐公交先让座，

别人让座你知恩。

乘机乘车勿吸烟，

引发事端不安全；

落座系好安全带，

平安出行记心间。

拜访礼

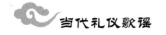
拜客访友有主题，
内容先在心里拟；
临时烧香抱佛脚，
消耗时间费心机。

拜访目的先通报，
不让对方无准备；
会见宜短不宜长，
适可而止及时回。

按铃敲门心静稳，
等候主家来应允；
主人手势迎客到，
客人回礼笑吟吟。

进厅莫要进卧房，

只坐沙发不坐床；

屋内摆设不乱动，

不对装饰说短长。

主人有话不便说，

不要刨底琢磨多；

水没烧开不提壶，

饭没煮熟不揭锅。

聊天切莫大声扬，

温言细语像绵羊；

洗耳恭听主人语，

目不斜视看对方。

若是主家又来客，

看见新客忙起座；

长话短说即告辞，

好像小弟让大哥。

主人敬茶点头赞，

客人家里别抽烟；

忌讳话题不出口，

扬帆能助顺风船。

说话聊天要观望，

主人是否意彷徨；

若是主人看钟表，

告辞切莫误时光。

饭时眠时别造访，

事有轻重掂斤两；

待到主人有暇时，

再去拜访也无妨。

拜客结束客留饭，

不要喜色带笑靥；

摆手婉言道声谢，

不给客家添麻烦。

拜见尊长与上司，

进门先行弯腰礼；

坐下询问身体好，

随后再叙话事宜。

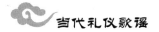
家中户主是女性，

进屋不要太热情；

勿朝女主上下看，

易被误会有色心。

待人礼

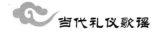
书读万卷不嫌多，

朋友万千皆贵客；

做人不学井底蛙，

大江大河没见过。

鸿雁传书远来客，

又是喜来又是乐；

推开门窗和风煦，

阳台花枝登喜鹊。

你来我往情意长，

有来无往情意凉；

送物不要人来取，

馈赠上门热心肠。

长者赠物不可拒，

受赠言谢要客气；

礼送他人要包裹，

婚丧庆寿不在例。

在家待客不热情，

出外方知无人请；

朋友少了寂寞多，

柴多烧火火焰盛。

说话不给话语停，

别让客来遇冷清；

宾客面前莫叹气，

免遭误会不欢迎。

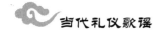

进厅邂逅有客到，
主人双方做介绍；
长幼尊卑要依次，
同伦前后不乱套。

迎客及门步先趋，
送客启阖恰当时；
引客看室客行前，
让客上座再开席。

蓬荜生辉因客来，
香茶沏水用杯筛；
殷殷别情娓娓道，
甜甜水果摆上台。

先长后幼敬茶果，

生客熟客分次坐；

起立举杯主邀请，

美酒佳酿大家喝。

为客引厕导浴室，

打开电脑与电视；

对客如对自家人，

家电指与客人使。

送客送到大门口，

热诚话别情挽留；

目送客人渐走远，

依依不舍招招手。

旅游礼

三件物品伴旅行，

手机钱包身份证；

入住宾馆实名制，

弄虚作假坏名声。

辞别亲人去旅游，

大好河山走一走；

看山看水看世界，

人在路上志不休。

循规蹈矩好榜样，

不抄近路不翻墙；

栏杆绿篱莫去钻，

逃票丢人脸无光。

园内长椅坐不躺，

游乐器材莫争抢；

内急就要找公厕，

随地便溺失教养。

观赏动物要爱护，

不喂食物不吓它；

园林区内丢烟头，

引起火灾罪责大。

签约旅行遵合同，

条文不是耳边风；

各司其职有经纬，

走得稳来行得正。

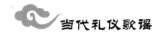

湖光山色景致美，

你看风景景看你；

攀枝摘花踏绿草，

笑你脑壳灌污水。

景点照相有人挡，

示意避开莫嚷嚷；

快照快走让他人，

风物长宜放眼量。

亭台楼阁展风姿，

刻写留言太无知；

楹联隽语可铭记，

随身垃圾不乱弃。

吹拉弹唱广场舞，

少林武当练功夫；

景区喧闹超分贝，

他人难言心中苦。

爬山涉水量力行，

不可好强逞英雄；

莫仗艺高胆子大，

失却荆州悔无穷。

远游他乡访故人，

携带薄礼土特产；

人言千里送鹅毛，

礼轻义重情无价。

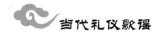
接风洗尘是常理，
不必言出推却辞；
告别可摆回谢宴，
再搭台子唱好戏。

入乡就要随乡俗，
风土人情事先知；
趾高气扬唯我尊，
伤风败俗人笑你。

旅行归程心欢喜，
分享亲友长见识；
尽快回复接待人，
网上联系不失礼。

年节礼

叫声幺儿别嘴馋，

过了腊八就到年；

过年就做好吃的，

还有礼仪要记全。

大年三十这一天，

打扫卫生第一件；

杀猪宰羊包饺子，

全家老少聚团圆。

除夕之夜看春晚，

多送祝福少鞭炮；

春晚结束早休息，

初一还要拜大年。

幼拜长辈问康健，

老给晚辈压岁钱；

快长快大勤学业，

欢欢喜喜过新年。

逢年过节重施礼，

酒肉虾蟹鸡鸭鱼；

吃鱼不能说个翻，

顺身掉头是吉语。

添饭不能说要饭，

乞丐用语讨人嫌；

饺子煮破不说破，

破字寓意家有难。

吃饭不要嘴吧唧，

喝汤不要嘴角溢；

长辈未动碗与筷，

晚辈先吃失年礼。

夫妻宠儿挨着坐，

恭喜发财话多说；

端起碗来执好筷，

乱搅菜肴责怪多。

饭桌座位不调换，

用餐切莫东西窜；

口含筷子不端庄，

夹菜不越盘中线。

夹菜不能满盘挑，

只夹自己面前肴；

替客夹菜用公筷，

斜目视人教养少。

和颜悦色晦气消，

亲友互送小礼物；

互祝来年财气旺，

吉祥如意身体好。

饭毕说声慢慢用，

牙签汤匙不乱扔；

等待午夜辞旧岁，

去旧桃来迎新符。

词语礼

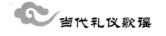

不会烧香得罪神，

不会说话得罪人；

说话不会用词语，

走遍天下无知音。

唠唠叨叨讨人嫌，

美言美语似蜜甜；

措辞选句要得体，

礼仪用语润心田。

遵循章法识常规，

响鼓不用重锤擂；

好话一句三冬暖，

好茶一杯润腑肺。

首次见面用久仰，

很久不见用久违；

识物不清用眼拙，

向人表歉用失敬。

请人批评用指教，

求人原谅用包涵；

请人帮忙说劳驾，

请给方便说借光。

麻烦别人说打扰，

不知适宜用冒昧；

冒昧打扰犯忌讳，

铁锅炒菜怕滴水。

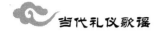

求人解答用请问，

请人指点用赐教；

竹子虚心节节长，

脚踩楼梯步步高。

赞人见解用高见，

自身见解用拙见；

高见拙见四个字，

话语不多见内涵。

看望别人用拜访，

宾客来访用光临；

亲友之间常互访，

青竹年年生新笋。

陪伴朋友用奉陪，

途中先走用失陪；

莫像林中麻雀鸟，

不辞而别随意飞。

等待朋友用恭候，

迎接表歉用失迎；

朋友登门荜生辉，

主迎客人好心情。

送人离开说再见，

请人不送说留步；

依依不舍情谊深，

好比绿叶恋玉树。

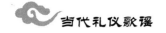
顾客进店忙照顾，

答人问候用托福；

与人相识是缘分，

真诚不分亲与疏。

问人年龄用贵庚，

老人年龄用高寿；

尊老敬老常相记，

传统家风不可丢。

称人文章用大作，

请人改文用雅正；

珍珠鱼目皆文章，

阅读鉴赏要分清。

对方字画为墨宝，

招待不周说怠慢；

墨宝插翅能飞天，

热情招待三冬暖。

请人收礼称笑纳，

辞谢馈赠用心领；

送礼收礼人之情，

莫论礼重与礼轻。

问人姓氏用贵姓，

回答询问用免贵；

问人答人语轻声，

态度可亲品高贵。

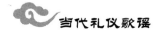

表演技能用献丑，
别人赞扬说过奖；
技高技低功深浅，
自有行家论短长。

向人祝贺道恭喜，
答人道贺用同喜；
贺喜同喜喜上喜，
有喜人家满院蜜。

请人担职用屈就，
暂时充职说承乏；
担职充职都一样，
当家才知责任大。

称谓礼

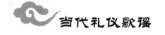

对方父亲称令尊，

对方母亲称令堂；

父母好像木瓜树，

儿女抱在脖颈上。

对方儿子称令郎，

对方女儿称令爱；

同胞兄妹长得像，

葵花朵朵向阳开。

对方兄长称令兄，

对方弟弟称令弟；

兄弟本是同根生，

雨洒青松顶天立。

对方侄子称令侄，

大树连根又连枝；

同宗同族同血脉，

互帮互助真给力。

见到男子比已小，

笑脸相迎称贤弟；

蜂蜜抹嘴语气甜，

称兄道弟是和气。

晚辈男子称贤侄，

胡椒虽小调味奇；

有朝一日长成才，

黄豆切丝好手艺。

对客说话加个恭，

恭候恭迎又恭请；

恭贺恭喜也不忘，

恭谨恭顺表真情。

对人说话加个拜，

拜帖拜辞又拜贺；

拜读拜服心里记，

委人办事说拜托。

结交朋友说拜识，

看望朋友说拜望；

阅人著作说拜读，

拜辞朋友暖心肠。

对人说话加个奉，

奉告奉劝又奉陪；

奉送奉还又奉迎，

敬重他人最珍贵。

对人说话加个敬，

敬告敬贺又敬候；

敬请敬佩嘴上挂，

沟通交流礼仪周。

对人说话加个高，

高见高就又高论；

高堂高寿又高足，

背靠高树好遮阴。

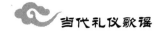

对人说话加个大，

大伯大叔又大妈；

大爷大娘又大姐，

大人大名又大驾。

大札大雅又大庆，

芳名芳龄对女性；

尊大并非自身低，

众人眼睛秤盘星。

自我介绍加个愚，

愚兄愚弟又愚见；

愚字下面有个心，

大智若愚活神仙。

自我介绍加个敝，

敝人敝姓又敝校；

敝处是指自家屋，

屋小有窗太阳照。

自我介绍加个拙，

拙笔拙著又拙见；

自称拙人并非傻，

谦让一步天地宽。

对外介绍添个家，

家父家母又家姐；

内人贱内指媳妇，

糟粕称呼不可学。

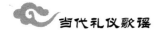

老人自谦加个老，

老朽老拙又老脸；

老夫老汉又老身，

老人自有老经验。

尾声

你唱礼来我赞礼，
礼仪不是天生的；
青松长在高山顶，
根深扎在泥土里。

树靠春风开新花，
鹰靠双翅飞天涯；
人靠学习知常礼，
礼在民间千万家。

千家万户学礼仪，
文明路上登天梯；
和谐社会阳光照，
满园春色百鸟啼。

刀子要快多加钢，

学深礼仪功夫长；

礼仪教人长智慧，

耳聪目明精神爽。

礼仪美德代代传，

青出于蓝胜于蓝；

举世同唱礼仪歌，

国泰民安万万年。